浪淘沙诗库
远 人 主编

陈永笛 著

古镇流年

中国书籍出版社
China Book Press

图书在版编目（CIP）数据

古镇流年 / 陈永笛著. -- 北京：中国书籍出版社，2021.7

ISBN 978-7-5068-8525-6

Ⅰ.①古… Ⅱ.①陈… Ⅲ.①诗集—中国—当代 Ⅳ.① I227

中国版本图书馆 CIP 数据核字 (2021) 第 125179 号

古镇流年

陈永笛　著

图书策划	成晓春　崔付建
责任编辑	成晓春
责任印制	孙马飞　马　芝
出版发行	中国书籍出版社
地　　址	北京市丰台区三路居路 97 号（邮编：100073）
电　　话	（010）52257143（总编室）（010）52257140（发行部）
电子邮箱	eo@chinabp.com.cn
经　　销	全国新华书店
印　　刷	三河市华东印刷有限公司
开　　本	880 毫米 ×1230 毫米　1/32
字　　数	195 千字
印　　张	7.25
版　　次	2021 年 9 月第 1 版
印　　次	2021 年 9 月第 1 次印刷
书　　号	ISBN 978-7-5068-8525-6
定　　价	45.00 元

版权所有　翻印必究

目录

第一辑 港口时光

古　关 / 002

古　渡 / 003

古战场 / 004

俯　瞰 / 005

河流大野 / 006

古镇流年 / 007

一匹马的倔强 / 009

汉　槐 / 010

唐　井 / 011

水坡巷 / 012

潼关八景 / 013

兰若寺 / 018

金陵寺 / 019

山河一览楼 / 020
秋风吹过 / 021
黄河在潼关 / 022
守关日记 / 023
港口的雪 / 025
二层山 / 026
码　头 / 027
紫　萱 / 028
此　刻 / 030
古城爱情故事 / 031
颜　色 / 032
青　黛 / 033
古城的某个黄昏 / 035
春天，和老柳走在古城墙遗址上 / 036

第二辑　路上光阴

我想和你谈谈 / 040
芦　荻 / 042
慈　悲 / 043
墓　园 / 044
鸟　鸣 / 045

守村人 / 046

一条青春期的蛇 / 047

马 / 048

名　字 / 049

桃花坞 / 050

西溪遇雪 / 051

空空寺的午后 / 052

拉寺海 / 053

雁门关 / 054

山海关 / 056

英吉沙刀 / 057

乌兰布统 / 059

关山牧场 / 060

崖　寺 / 061

中元夜的崖寺 / 062

普救寺 / 063

二十年后再见同桌 / 065

绿　萝 / 067

一只猫，走过窗外 / 068

长安，长安 / 070

一个梦境 / 072

午后时辰 / 073

深夜火车 / 074

九月鹰飞 / 075

心　事 / 076

我只是忧伤 / 078

我一定，是喧嚣背后的那个人 / 079

岳渎小路 / 080

道法自然 / 081

虚　拟 / 082

大地回春 / 083

虚　构 / 084

孤　独 / 086

时间停止，世界真安静 / 087

九月的夜 / 088

火　车 / 089

某个夏天的回忆 / 090

归　位 / 091

一样不一样 / 092

霜　降 / 093

怀　想 / 094

小林的古镜 / 095

小　满 / 096

想象春天 / 097

又一个三月 / 098

致　W / 099

致 Y / 101

欲望，在这个秋天死去 / 103

野渡无人舟自横 / 104

野 心 / 105

爱 情 / 106

留 守 / 107

矛 盾 / 108

第三辑　东马时间

越走越远的村庄 / 110

暖 冬 / 111

除了梦，我别无选择 / 113

人间春天 / 114

迎春花开 / 115

南沟麦田 / 117

父亲节 / 119

呼 吸 / 120

春 夜 / 121

信 使 / 122

弟弟，春天来了 / 123

笛 声 / 125

我的山河 / 126

雁 / 127

一个村庄的成长史 / 128

东马记忆 / 129

苹果园 / 131

第四辑　流水韶华

我追不上时间，但一定能追上你 / 138

无力成寐 / 140

桃　花 / 141

桃　林 / 142

我愿意是一种深情 / 143

望穿秋水 / 144

花　雕 / 145

远　方 / 146

崖寺一夜 / 147

发　呆 / 148

心　事 / 149

能饮一杯无 / 150

大　雪 / 152

无　题 / 153

孟婆汤 / 155

秘　密 / 156

疼和痛 / 157

宝　藏 / 158

思过崖 / 159

春分时节 / 160

想起同里 / 162

秋　月 / 163

天涯明月刀 / 164

第五辑　一沙世界

流　年 / 166

上元夜邀友对酌 / 167

胭　脂 / 168

女儿红 / 169

远或近 / 170

归　宿 / 171

月亮湾 / 172

惊　蛰 / 173

三月五日春雪有感 / 174

失　眠 / 175

冬　阳 / 176
油菜盛开的时节 / 177
秋风去哪了 / 178
逃离，也是一种选择 / 179
寻　找 / 180
后决斗时代 / 181
瓮　箱 / 182
冬至了，我望见春天 / 183
思 / 184
记 / 185
蚕 / 186
那个多雨的秋天 / 187
冬　雪 / 188
寂　寞 / 189
夕阳接山 / 190
高速公路大堵车 / 191
春雨夜 / 192
夏雨夜 / 193
秋雨夜 / 194
冬雪夜 / 195
醉 / 196
熬　夜 / 197
枕　头 / 198

桥 / 199
纠　结 / 200
这样一个雨天 / 201
渭水边的一株野花 / 202
拥　抱 / 203
释　然 / 204

附　录

诗与记忆的修复 / 206
短笛声声诉衷情 / 211
后　记 / 215

第一辑

港口时光

古 关

每一块砖都透着厚重
每一道辙都印着历史
每一枝树丫都挂着故事
你站着,两千年就这样流逝

河,从你身边流过
风,在你头顶奔跑
有人说你雄伟,有人说你险恶
有人说你繁华,有人说你孤独

其实你的心思只有一个
愿狼烟不起,愿苍生饱暖,愿寒士欢颜

古　渡

折柳惜别，数声风笛
良人出征，商贾远行
有人在这儿忧伤别离
也有人在这儿把酒东风

千年之前的悲欢离合
千年之间周而复始

令人惊喜的是，异乡兄弟在此相遇
破碎的镜子，在这儿重圆

古战场

的卢的嘶鸣随风飘远
黄河涛声仍在激荡
剑气冲天,水关无言

西凉马超已安眠定军山下
无耻倭寇暂退扶桑三岛
芦荻飘摇,钓者沉默

古战场像沉默的长者
用温和的语气告诉我们,许多事不能忘
比如,某个人、某匹马
几个传说,几次轮回

俯 瞰

在凤翼原俯瞰大河抱关,黄河东流
在华河一览楼俯瞰风陵晓渡,百舸争流
在北水关俯瞰三河交汇,宏阔壮美
在陶家庄俯瞰古城街巷斗折蛇行

还可以俯瞰发生在这儿的一场场改变历史走向的战争
俯瞰一些事物、人物和风物
俯瞰一个人内心深处的狭隘、自私,善良、隐忍

但我们必须仰视一个叫张养浩的人
和一首小曲,《山坡羊·潼关怀古》

河流大野

凤凰山下是望不到边的田畴
一条河,自天际而来,浩荡前行
它裹挟着泥沙、腐朽,鲤鱼、鲶鱼
也裹挟着历史、沧桑和壮阔

一只水鸟掠过宽阔的河面
一阵风吹过裸露的沙滩
几个旅人在暮秋月夜,临水而立
吹一曲沧海笑,奏一阕将军令

原野有多大,汤汤大河便多自由
你听,十八岁的谭壮飞说:
"河流大野犹嫌束,山入潼关不解平"

古镇流年

唤醒一座关,需要什么
是关外战马的嘶鸣
还是关内突袭的众将士

唤醒一座城,可能是
关西书院传出的琅琅书声
或者城外盘旋千年的风声

唤醒一条巷,需要的仅仅是
母亲呼顽儿归家的笑语
父亲牵牛下田的吆喝

关在岳渎之间几经迁徙
城也曾数度重建
唯有流年中的子民
或安静或彷徨,或惊喜欢愉或怨天尤人
或面无表情,固守着家园

子民望穿了物候,看透了世事
却永远不曾遗忘,烙在胃中的记忆
比如肉夹馍、鸭片汤、酱菜、烩饼
比如爱过的每一朵花,每一棵树
每一只水鸟,每一个人

古镇的辛卯年破败、清闲,昏昏欲睡
庚子年的人们如同千年之前
夫子站在关外河边,若有所思地说:
"逝者如斯夫,不舍昼夜"

一匹马的倔强

请允许我想象,一匹马
一匹有着箭伤或刀疤的马
孤独地陷在潼关城外

将军已倒下,马夫已阵亡
只有马,兀立河岸

风,从河西奔来
马仰起头,奋力跃起
毫不犹豫奔向敌军
奔向一场辽阔的原野

而此刻,马鸣风萧萧
天雨泪纷纷

汉　槐

一棵树，能让乌鹊绕树三匝，无枝可依
也可以让一个人躲过一劫
东山再起，三分天下

身上的树洞告诉世人
西凉马孟起复仇心切的那一枪
硬生生让你撑起曹魏的天空

唐 井

井绳和打水人的心思
纠缠在一起,一匝又一匝

井壁上,青苔无言
它能听懂每滴井水的心事
也更明白坠落井底的爱情

晨起的薄雾还未走散
那个挑水的男子,分明是
唐诗中走来的公子

水坡巷

水坡巷不长,也不宽
曲曲折折,蜿蜒羞涩
它藏在古城的东南
环山纡水,游麟翥凤

巷中槐树老了,合欢老了,皂荚老了
无聊时挥挥枝叶,悠闲时打声招呼
凝视一朵朵云彩飞向天边

赵家老头摆残棋
沈家老太剪鞋样
王家小儿在内巷撒泼打滚

一个朝阳未升的初夏时节
吱吱呀呀,一扇扇大门在东山脚下推开
这时的水坡巷,醒了

潼关八景

黄河春涨

看,春天的河水把麦田淹了
河面上挤挤挨挨奔走的冰凌
那是关于冬天的一些秘密

你站在岸边轻声叹息
对岸的姑娘转身而去

春涨的黄河易过
窄窄的心河难渡

风陵晓渡

月亮还挂在西天
鸡叫了,初冬的黎明
空气被冻得很薄、很脆

艄公们解缆、升帆
冲着氤氲的河面吼几声船歌
港口的行人也暖和许多

坐船的人，渡河
摇橹的人，渡心

中条雪案

中条山老了，发白如雪
白得耀眼，白得纯情

脚下，是有情有义的普救寺
脚下，是更上一层的鹳雀楼

我的眼中，中条山上
金戈铁马，狼烟四起

抗倭的秦人烈士呵
那白，一定是祭奠
一定有怀念

秦岭云屏

昆仑山往东,不停,延伸
龙脉的样子,便是如此
扯一片昆仑的云彩
画四扇精美的屏风

山上边一定住着神仙
一群喜欢用云雾雕梁画栋的神仙

雄关虎踞

守卫八百里秦川的雄关
北濒黄河、南依秦岭
东接中原、西通长安

在你面前,倭魔停滞
未越关城半步

温良恭俭让的国人呵
尚文、尚武
明犯强汉者,虽远必诛

禁沟龙湫

再长的白练也不如你
自天而降,不灭不休

拥揽你的那汪湫池
承载了多少心情
容纳了多少秘密

丝丝缕缕,点点滴滴
每滴水珠都晶莹
每缕水丝都多情

谯楼晚照

夕阳像少女的胭脂
在谯楼淡抹轻涂
楼,温柔地绯红起来

一个人在谯楼
倚着栏杆,望着夕阳
脸上也是粉红

我知道,我若想你了
脸,也会红

道观神钟

东山顶上的神钟响了
清悦的声音被小鸟驮到很远
那时候初日才生,弦月仍在

我看见,城中早起的人
还是会急匆匆地走在
钟声的前面

兰若寺

凤凰山上的凤凰早就飞走了
一片瓦砾、两坡青草、三只小羊
反衬着过往的繁华

兰若寺那个傍晚,风微、雨细
牧童的笛声在寺外飘摇
和尚的木鱼声在寺内回响

一枝古槐人称菩提
数卷古书人言藏经

凤凰山上的兰若寺
和尚不多、香客不多
寺,一直站在山巅,从古及今
和凤凰,无关

金陵寺

许多人在金陵寺前双手合十
达官贵人、市井百姓、游子旅人
求财求权、求名求利
还会求爱情、孩子、平安

僧人们习惯寺里的庄严肃穆
习惯寺里的诵经、素食、劳作
也习惯寺里的有求必应

外面车水马龙、里面宁静如夜
金陵寺的今天与昨日无异

多年后,金陵寺依然守着西城门
无言、无语、无声、无息
虔诚的人们换了一茬又一茬
安静的僧人换了一茬又一茬

山河一览楼

一群人登上山河一览楼
又一群人登上了山河一览楼
山在、河在、楼在
一群又一群的人,不见了

不对,至少还有一位画家和一位诗人
比如,飞廉和空青
把故事和爱情留在了这儿
山河是他们永世的证人

秋风吹过

一个凉意萌生的黎明
秋天的风来到古城
它吹过收获的田地
掠过静流的四水

它在印台山驻足,看禁沟看秦岭
它在古城墙漫步,看历史看未来
它在水坡巷游走,看砖雕看古槐
它在北水关眺望,看中条看港口

夜色四合,它还不愿离开
于是把自己,悄悄
融入古城的宽窄小巷和
万家灯火

黄河在潼关

拐了一个弯儿
留下了泥沙、芦苇和星空
以及一些荒诞的故事

让母亲悲伤的,往往
是儿子,久远传说中的刀光剑影
九死一生

守关日记

1

春风化雨,泽润苍生
将军骑马巡在关城

2

禁沟人马突袭,墩台狼烟四起
紧闭六处城门,落下水关铁闸

3

我持令旗传帅命,今日免战不出征

4

城楼战鼓声声,南原盟军杀到
敌人兵败如山倒,残余亦作鸟兽散

5

家家炊烟袅袅，户户笑语连连
玉竹洗衣河畔，阿牛耕在东山

港口的雪

许多年前,码头艄公堆的雪人
是河伯庙中的河神
潼川书院孩子们也堆雪人
像手持戒尺的先生
金陵寺僧人堆雪人的神态
分明就是大日如来

这些年,落在港口的雪越来越小
就像三河交汇处的水,越来越少
也像村庄的故人,逐渐凋零

小雪后人们不停祈祷
每一片飘在古城的雪花,都有温度
都像是少小离家的亲人

二层山

以前，这里夜夜笙歌，温柔梦乡
远行的旅人，驻守的士兵，富家的公子
把银两花在二层山
男人的心情不见得就好，女人的心情不见得就坏

二层山不是山，不过是一面坡、一道塬
矗立在古城的南面，冷眼旁观眼前的大河

山上密植着大树，侧柏、白杨、蜀桧、泡桐
夏天时，如年轻女子聚在一起，有饱满的柔媚
冬天时，如色衰女人的余生，槁项黄馘

如今去二层山，我总能在坟场中感受到
细微的胭脂味儿和大红灯笼中明灭的烛光

码 头

一场骤雨,港口的码头坍塌
虽然,四知还有,桃林寨还有

可是,风陵渡去不了了
再说,又不想去同州府

而我只想去安渡老店
与你喝一杯清酒
说一会儿悄悄话

告诉你,那个明月的夜
星空有多美
鸟鸣有多美
你,有多美

紫 萱

余晖照在河面
黄河的水渭河的水洛河的水
变作同一种颜色

我在谯楼上眺望
一片云飘过凤凰山
一阵风穿过河床
一只鸟飞过身边

紫萱,紫萱
我还看见了你
光着脚站在月亮湾的浅水
头上戴着花环,手中
是我送你的那支玉笛

雨水来,四月里开出许多花
东山上的月又亮又圆

一如你情深的双眸

雨水来,皇帝骑着马在草原飞奔
紫萱,紫萱
你看见了吗,他遑急的样子,以及
马背上飘起的披风,身后腾起的雨雾

此 刻

此刻，万籁俱寂、河声遥遥
东山上升起红红的月亮

此刻，夜未央、人未眠
魁星楼默然、无语

此刻，红楼观是静的
静到草丛中的虫鸣
一下就传到河边渔夫的耳畔

此刻，我在山脚下望着凤凰山想你
此刻，你在山脚下看着麒麟山想我

古城爱情故事

甲午年，甲寅日，忌婚娶

骑一匹马去蒿岔峪
从上南门往南，沿小路走
麟趾原很高，坡上槐树多，灌木也多
荒草多，小兽也多
天亮你出门，黄昏就能到

过汉城墙
过陶家庄，杨家庄
过寺角营关，瀵井关，巡里关

峪口冷风萧萧，小溪潺潺
白衣女子还在弹奏《凤求凰》
你快马加鞭，心中荡漾的全是
凤凰于飞，翙翙其羽

颜 色

古城里,灰色太多
灰的砖、灰的瓦、灰的墙

古城外,黄色太多
黄的土、黄的风、黄的河

一群人,在小城的残垣前叹息
他们喋喋不休着一个话题
谈论着许多年前,比如汉朝或唐朝
这城,究竟是什么颜色

青 黛

青黛,还记得那时候吗
古城的夜没有千家灯火
春天的风沿着窄巷逡巡
夜行人身影,常常没入一片黑暗

渡口的桅船只有九盏渔火
凤凰林中树影婆娑
月光下的港口梦幻而迷离

青黛,夜,我在酒肆,温一壶酒
这一天,是四月的一天
这一夜,是凉风习习的一夜

黄河的涛声还在岸边徘徊
天上的雨水正在发芽
众神的歌声已经响起
你和我的声音,如此清晰、旷远

青黛,你听到了吗
一颗心呼唤另一颗心时的律动
会如此美丽,就像一匹紫骝
在风中长啸,然后没入乱红

古城的某个黄昏

夕阳洇染了大河小水
小贩的叫卖声仍在丹凤巷回荡
书院巷口楚汉之争尚未偃旗息鼓

一缕风吹散长空寂寞的浮云
三只鸟唱出暮色中归林的喜悦
河边旅人的身影是否被乡愁压弯

泊岸的船夫吼着老腔
一片落叶,飘浮在古城的上空

春天,和老柳走在古城墙遗址上

这土堆,一千八百年前就有了

他们把这儿的东城门叫雄关虎踞
站在原址,我分明觉得自己就是一只老虎

一冬的流凌融化,春涨的黄河
欢快地向下游行进,头也不回

坐在凤凰山上,禁沟口尽收眼底
只是龙湫不知飞去了何处
黄河上两桥飞架,于是
港口成为历史,风陵晓渡成为传说

记得去年冬天,古城无雪
河北中条山上白皑一片,寒意逼人

谁家的院子这么大,秦岭就成了屏风
那腰间的图案是流云在精雕细绘

一座城,有道观有钟鸣
在谯楼还能看长河落日

老柳说,这人为损毁的城墙,让人越走越伤心
我说,你听,风中传来了历史的呼唤

第二辑

路上光阴

我想和你谈谈

不谈理想、抱负
要谈,就谈中秋,或者端午
但也只谈谈月亮和粽子

不谈房子、车子
要谈母亲的生日,或者大田里庄稼的长势
当我们的交谈进入主题
杯子里有热茶,院中有凉风

我们的交谈,大约可以深远一些
有大把的沉默,也不尴尬
有跳跃的思维,不会突兀

我们一起谈一谈吧
谈谈蓝天的蓝,小草的绿
不谈刮过尘世的那股阴风,和面无表情的空心村

最好,我们只谈年轻时的天真无邪

谈这个春日:我们看山是山,看水是水

芦　荻

霜降的天，澄澈而高远
不远处桥上，那列比牛车还慢的火车
缓缓驶过秋天边缘

风轻云淡，芦苇摇曳着柔软的身姿
倒映在湖面上，泛起阵阵涟漪

一个垂头丧气的小兽跑来诉说心事
两只兴高采烈的野鸟绕着芦荻飞来飞去
如果遇到月圆之夜，水中会传来河伯的笑声
一场浩渺无边的月色常常让芦荻无比害羞

流风回雪的天，麻雀和小兽回了家
只有那一声长一声短的鸣笛
让它浑身一颤
抖落，一个暗淡的黄昏

慈 悲

冬天让河流喑哑
春天让她开口说话

谁能洞察一条河流的内心
冬天温暖,夏天清凉

谁能明白一条河流的悲哀
便会懂得一场爱情的慈悲

墓 园

像一座村庄的影子,和备份
也像数学中的映射
适用的法则,是叶落归根

墓碑冰冷,姓名温暖
我仿佛看到一个个鲜活的故事
串起一座村庄的兴衰史

秋风一次次刮过村东墓园
那些刻在石碑上的名字,被风吹得叮当作响
心事重重的扫墓人
他望空了田野,望空了时光的尽头

鸟 鸣

唤醒身体的不一定是
清晨的阳光。比如今天
是子夜时分,一只夜鸟的鸣叫

鸟鸣激烈而清越,时断时续
下弦月孤傲着高悬,冷而空

一只驮着月光奔波的鸟
在子夜,被秋风谋杀

弦月无语,繁星无语
一个黑暗中睁开眼睛的人
侧了侧身,也无语

守村人

揉碎的时间也不能洞悉他的过往
我们害怕的山妖、水鬼,甚至画皮精怪
也能被他轻易喝退

守村人喜欢月下的庄稼
喜欢棉花地里秋虫呢哝,露水晶莹
喜欢村子里婴儿啼哭,犬吠鸡鸣
甚至,一场说来就来的雨,一片由红变黄的叶

一颗不媚俗而倔强的内心
守卫着村庄的喜怒哀乐,生死轮回
那心中,从未有过半点荆棘,一丝混沌

顿悟之人,用安静修行,用游走安心
用笑容给村庄添上一个永久的符号
如同一个内心斑驳而沧桑的男人
永远相信,人世间的纯真和美好

一条青春期的蛇

在草上飞来飞去
在树梢跳来荡去
在田间边走边唱
从来，不会失眠

北风挟着大雪迎面扑来
自由地行走，成为渴望

一条青春期的蛇
在冬天死去
就像一位战士，将最后一颗子弹
留给自由的自己

马

常常会想起一匹马来,纯白的
在渭河滩涂上
四蹄生风,疾若闪电

芦苇荡里芦花在冬阳下
正慵懒地伸着腰肢
令一匹仰天长啸的马,直入芦花深处

我总是分不清,河沿边的那一片白茫
是芦花飘起来,还是马飞起来
是芦花融化了马,还是马变作了芦花

名 字

已记不清,这是遇见的第几条黄河大道
也记不清,路过了多少三河口湿地公园

有时候,名字就是历史、是代沟,是愿望、是情怀
就像那些年的胜利街、红旗巷、向阳路、红卫渠

喝过那么多酒,走过那么多路,遇过那么多风
最好听的名字还是
潼关城,东马村,西凤酒,芷儿

桃花坞

眼看着,眼看着
桃花坞的桃花
在静寂中
欢天喜地地开了

三月的雨淋过
三月的风吹过
小河中桃花随波逐流
红了一溪春水

一瓣桃花就像一朵心事
而属于伊人的那瓣,太愁太重

西溪遇雪

那年腊月,独自在西溪漫步
沿途没遇见赤腹松鼠、燕隼、弹琴水蛙
也没遇见几个人,他们结伴冬眠了吗

空空旷旷的西溪,清清瘦瘦的西溪
梅竹山庄寂寞,蓝溪书屋冷清,秋雪庵沉静

在西溪遇雪
我想和陶庵一样
也遇见一个痴人

空空寺的午后

山后硕大的黑云一动不动
黑云后面隐藏着铺天盖地的阳光

庙在山腰沉默
和尚在山巅凝望

一只小猴紧盯一树蜜桃发呆
一个小妖闲等一坡繁花盛开

拉寺海

在拉寺海，许多事让人分不清
有云在天还是有云入海
寒鸭戏水还是一飞冲天

不得不承认，所有的比喻夸张通感
形容词副词名词在拉寺海都黯然离去
真的美好，只会孤独地存在

不得不承认，那个微微皱眉的瞬间
你就是一个纳西女子

雁门关

头顶鸣叫的雁阵,一定不是宋朝那群
在雁门关,走路要轻,要再轻
那些灵魂的警惕性,仍然高度保持

杨家将用鲜血浇灌过脚下的每一寸土地
喂养了山山坳坳的野花
红少白多,紫少黄多

雁门关上,夏日的风,却带有一股寒意
像契丹人觊觎汴州的目光
像王侁逼杨业赴死的险诈

听说,雁门关内外的边境贸易很红火
听说,宋人辽人之间原本并没有深仇大恨

还听说,杨业临终前,目光落在渭水之畔的一座坟墓
那是他的先祖,是东汉太尉

是四知先生杨伯起
那个地方在潼关,西出城门十里

山海关

天,是空
天下,是空空之下
天下第一,是空空之中第一

乙未秋天,云低风微,阳光刺目
站在山海关前,看着城楼上
巨大的不知谁书写的牌匾,白底黑字
天下第一关

我仿若听见,从镇北台和嘉峪关传来一缕
穿过历史烟云的,轻声叹息

英吉沙刀

1

刀不长,鞘中拔出,寒光凛凛
它遇月而啸,滴血而飞

2

刀从西域来,汗血宝马也是
它除暴安良,它驮起正义

3

没有人赠我一匹御风而行的汗血马
却有人送我一把新发于硎的英吉沙刀

4

精美的造型是它的姿态
纹饰的图案是它的名字

5

再锋利的刃口也砍不断真正的友情
一个叫江布尔海的人,从北京到石河子失踪多年

乌兰布统

一匹马可以疾驰,可以慢步
一群马可以在牧场逍遥飞奔
可以驻足将军泡子饮水
天有多高,云就有多低
天有多蓝,云就有多白

乌兰布统是画布、是宣纸
秋天是梵·高的热情,是马蒂斯的野兽
是吴昌硕的颜色,是张大千的泼彩
时而给草原涂上赭黄,时而将山林描出五彩
某个瞬间,太阳的金黄使所有植物动物逃也逃不掉

古战场那么大,容得下一切阴谋、妙计、胜利、失败
再大的草原,喜悦和爱也能填满
冷冷晚风,蒙古包传出马头琴悠远深沉的声音
是否在呼唤一个叫佟国纲的魂灵

关山牧场

草甸的绿伸向远方
覆盖一面坡、一道岭、一座山
洁白的羊群点缀在无边之绿
时隐时现，摇摇晃晃

远处军马场的嘶鸣随风传来
空气中有洌洌的寒意
打马过草原的人们
不是游子，不吟边塞诗
闲适的马蹄声惹人憧憬
山梁上的歌声让人神往

久远的时光，爱上这里
萍水相逢的人，也会爱上这里

崖 寺

诵经的声音很响,空过屋脊
把流苏瓦松撞个趔趄

寺外山泉叮咚,牧羊女的皮鞭
在空中飞舞,像敦煌女子飞天时
婀娜的身影

老和尚捻着佛珠想明天
小和尚敲着木鱼想昨天

合欢树,开花了

中元夜的崖寺

山谷的五味子,八月炸熟了
风中全是酸甜的芳香
山涧的溪水仍在潺潺
七月的崖寺一如既往地安静

月光下的事物冷郁又寂寥
一只失眠的小兽在岸边看河
一只未眠的小鸟在树上望月

一德在佛崖寺的天井
走着,走着
喃喃道,这世间有鬼,该有多好

普救寺

那天晚上一定有月
月亮一定微笑着

和尚们都睡了
青灯黄卷的日子
也无风雨也无晴

木鱼敲着
一下一下
佛珠捻着
一颗一颗

西厢院的张生和崔莺莺
偷偷见面了

小和尚唱了一声佛号
一扭过头,眼角有泪
渗出

二十年后再见同桌

用铅笔，一张一张，画在几何作业本
有时是钢笔，一页一页，画在作文本的反面

自习课，你画素描
数学课，你练速写

我最喜欢看你给席老师画画
一个动作，一个笑容，甚至一个眼神
你用漫画的夸张
让我在课堂笑出声来

同桌，你最爱画的，是自己的双手
纤细，萎蕤，兰花指

柴米油盐中，你忘记了画画
忘记了那些记忆中的笑声

同桌,我始终没忘的是,你说
你要用双手为自己画出最好的明天

绿　萝

你站在我对面好久了
但我不认识你,我想
你是认识我的

后来,木木说你叫绿萝
绿萝、绿萝
多好听的名字
我念了一遍又一遍

现在,你就在我眼前
我用灵感换几行字
你怔怔地看着我

像一个人,守望着另一个人

一只猫,走过窗外

早晨很好,阳光很好
文竹在室内蜷了一冬
急着想见这春日的暖阳
秦岭上,积雪化为一溪春水
跳着跑着欢畅着就出了山

惊蛰才过,此时的田野
昆虫伸着懒腰,禾苗直起身子

天空,有惊雷正在酝酿
风中,有诗句缓缓流淌

透过纱窗,我看见一只春天的猫
正蹑手蹑脚地从屋后的矮墙上
弓着身走过
一边走一边叫

我看清了猫的眼神，却无法形容
我听到了猫的叫声，却无动于衷

长安，长安

过了潼关，长安便不远了
迢迢之途已使马瘦人疲
此时的长安城，灯初上夜未央
霓裳羽衣的舞者，是你吗

过了潼关，长安便不远了
西凉的风已吹到大明宫
玄武门外不知何时已撒满黄叶
酒肆的胡姬嗅到了风中的孜然香
她会不会想起家乡
想起葡萄、羊群、骆驼和汗血宝马

过了潼关，长安便不远了
我骑马自江南来，逾州、涉江、过府
只为再见你，这念头自你北上
便在脑海中生了根、发了芽

过了潼关，长安便不远了
秦岭是否拦住你望乡的视线
大河能否带走你思乡的哀愁
走出渔村的你，为何没了音讯

过了潼关，长安就不远了
西望长安，我知道
过了潼关，长安、长安
真的就到了眼前

一个梦境

青瓦白墙临水而立
垂柳依依木棉火红

一河的倒影拥挤着、重叠着
咿呀的摇橹声从薄雾穿来
划破清晨暗黑一般的宁静

谁家姑娘悄然推开后窗
痴痴望着桨声的方向

船头少年看着她
笑容映在河面,激起层层涟漪

午后时辰

喜欢看书喜欢一壶清茶
院落中通常是静谧
静到,能听见白云的呢喃

时光让屋顶的瓦松或起或立或坐或卧
让井壁有了绒一般的青苔
让离乡游子怯于踏进眼前的村落

时光,在沉寂中似乎被拉长
恍惚中我看到自己的头发隐隐花白
皱纹多了,胡子长了

茶已凉

深夜火车

我们都在时间的隧道里裹挟而行
隧道是安静的,有云流过
车厢是嘈杂的,有人流过

他们说从车窗往外看
远处,是点点灯火
再远处,是中元月映照下
一座大山在缄默

我只知道灯火是疼
大山是冰凉坚硬
他们说,灯火是红,大山是青

汽笛响了,声音又细又高
火车在午夜抵达兰若寺
我问列车长
隧道,什么时候到头

九月鹰飞

南山下着大雨,内河暴涨
黄渭水在北,冷眼旁观一群忙碌的人

野外那么大,天空那么高
一只鹰绝不会将风声、雨声、嘈杂声
放进鹰眼,扰乱鹰心

九月的蓝天如海
九月的大地如金
九月的山峦如画

一只在九月飞行的鹰
面对爪下的一切
抖了抖翅膀,微微冷笑

心　事

那条鹅卵石小径，逶迤前行
路两旁花团锦簇
粉的、白的、蓝的、紫的
花丛中蜜蜂轻快穿梭，蝴蝶自在飞舞
花下，两只蛐蛐忧郁地谈着心事
蚂蚁三五成群迈着碎步

高跟鞋撞着鹅卵石
声音一下一下向远处飘摇
咯、咯、咯
禅房门轻轻地开了一道缝
缝隙中，小和尚们清澈的眼神
无邪而空灵

老和尚咳嗽了一声
吱　咛
禅房门飞快闭上

深幽的院中
古树参天
太阳正红
炊烟徐起

我只是忧伤

雪花落下来，安静也落了下来
一只鸟在天空努力飞过
一只松鼠在旷野漫无目的游荡

我只是忧伤，这漫天的雪花
鸟能找到回家的路吗
松鼠是否在找寻曾经的玩伴

迎春花开了，田野里村舍旁
一场大雪已逼近原野
我只是忧伤，料峭春寒
细碎的黄花，能否在雪中粒粒绽放

行将老去的时光中，我只是忧伤
一颗柔软的心何时变得如此坚硬
如此，无所谓

我一定,是喧嚣背后的那个人

不想说话了,就沉默
这个世界,从来不缺声音

时间才不会说什么
可是,时间什么都知道
那是沉默的力量

我总怀念那个年月
我们无忧无虑地游走
无忧无虑地决裂
就连再见也充满了信心

喧嚣在喧嚣中死亡
静默在静默中刚强

岳渎小路

绿色的五角枫挂在半空
一簇簇翠竹在小路两侧摇曳

雨丝穿过篱笆印在青石板路面
溅起的心事被氤氲的雨雾轻轻包裹

这个夏日黄昏,有烟雨蒙蒙
有绿色环绕,有鸟鸣清脆
有清茶、围棋、古琴、笔墨

在小路尽头,等一位故人
一起浪费浮生之闲

道法自然

别强迫乌鸦穿上花衬衫
别去让一只失恋的小狗欢笑
这尘世,自然些,终究是好

我是驾着马车远行的邮差
遇上了,就载你一程
你无须惊喜也无须讶异
顺其自然,也是一种选择

春天来就去赏桃花
夏天了就去观荷花
秋天时就去阅桂花
冬天了就去看雪花

现在,淅淅沥沥的小雨又来了
我们,撑开油纸伞吧

虚 拟

虚拟一场爱情
浪漫、浓烈
没有争吵,只有宠爱
没有流逝,只有恒久

虚拟一个梦,梦中有一场爱情
关于初遇、关于流年
关于虚拟的,毕竟是虚拟

大地回春

现在,我们熄灭壁炉之火
雪花已被诸神收往天宫
流凌也化为大河之水,叮当远行

现在,黄澄澄的是迎春花
陌上一片近却无的草色,影影绰绰
岸边垂柳悄然鹅黄,随风轻拂

来,骑上这匹白马
让我们一起穿越春风
远处,有纸鸢在飞,落日熔金
眼前,小姑娘在跳皮筋,笑语欢声

我回过头看马上的你
你张开了双臂,我问
你是要飞,还是要拥抱这明媚的春光

虚 构

零点二十八分的时候
我开始了虚构

夜深、人静、独处
这样的时间空间,适合虚构

绿草原、汗血马、龙胆亮银枪
天蓝蓝、云白白、马头琴悠扬

我是游牧部落首领
你是我的压寨夫人

风驰在这你我的领地
听马蹄声声鼓角争鸣
看沧海桑田变幻中心的自由

其实我只想和你二人一马
驰骋过清秋的草原,那时候
天空有云也有细雨,而佛光
正普照北方大地

零点五十八分的时候
我结束了这次虚构

孤 独

喜欢一只猫或一只狗
理由有千条万条
于我,是能懂自己的言语

站窗前,背对一轮明月,听四野清风
看影子印墙壁上,一动不动
有泪,从心的位置泅出

时间停止,世界真安静

尘埃悬停在光束中
静若止水

似乎在倾听,一声
从远古传来的呼唤

又似乎在思索,这一道光
可曾来自幽暗
是否去往彼岸

九月的夜

这样一个夜晚,夜凉如水
不,这个夜晚的空气中
还溢满了水气

风从遥远的西伯利亚奔来
带着异域的声音
听不懂,却似乎明白

一个失眠的人,失神地看着眼前
一方歙砚,一个笔洗
却怎么也想不起
那枝能描摹这浓厚夜色的湖笔去了何处

火 车

火车厌倦总是沿着固定的道路奔跑
乘火车的人喜欢透过车窗欣赏异于故乡的风景

火车讨厌一个个小站让它不得不停下脚步
乘火车的人喜欢看小站上一张张陌生的面孔

火车在嫌恶中奔驰不休
乘火车的人在喜欢中渐渐老去
铁轨冰冷向前，永远平行

某个夏天的回忆

令仪,静好,子兮
读这六个字,需要一点细微的声音
纸面上立刻氤氲出一些植物的清香
轻轻地,缓缓地,透透地

在夏天,日光很盛,河风慵懒
适宜酝酿一些情感
比如友情,比如爱情

一个人的目光幽深如谜
却能洞悉整个夏天的秘密
阁楼之上,若唤一声用诗下酒
令仪,静好,子兮就会出现
从千年之前的《诗经》
从对面的那个房间

归 位

把石头归还大山
把草原归还狼群

把蔚蓝归还天空
把小草归还原野

把清净归还寺观
把小溪归还大海

把田地归还农民
把无邪归还孩童

把这首诗归还你
把你归还我

一样不一样

刘伶李白杯中酒不一样
下酒的月亮一样

华山潼关日出不一样
初升的太阳一样

赤兔的卢不一样
辽阔的草原一样

刘兰芝崔莺莺不一样
爱情的美好一样

你和我的读后感不一样
诗歌一样，相思一样

霜　降

霜降一来，秋天便要结束
五彩斑斓的山林，小兽们开始筹划越冬
一片雪花很快会落在南山
银装素裹是冬天的命题

芦苇老了，河流瘦了，冷月高悬
田野有霜悄然生成
漫山遍野的亮晶晶，让一只
暗夜奔跑的兔子停不下脚步

在深秋，我不会怀念夏天和春天
只在乎霜降来临的这个秋天

怀 想

习惯了跃马扬鞭
习惯了涉水驾舟

今天,在这不知名的小镇
卸鞍解佩

看一朵白云飘过古渡
看一只水鸟在河面舞起浪花

不念大漠流萤的夜
不念塞北飘洒的雪

我怀想,斜阳小巷,你着素色衣裙
长发,晚风中轻拂
纤手,为我擦拭龙泉剑

小林的古镜

那一面的锈迹斑斑
不是灰尘不是斑驳,是历史

你若来,透过镜心会发现
里面隐藏了多少斑斓纷呈的故事

有的人决绝般走入硝烟深处
有的人恬淡着走向炊烟袅袅
还有的人明亮而热烈,宛如流星

一面古镜是一册永远读不完的书
是一个人或随波逐流或逆风飞扬
草木般短暂的一生

小　满

小满来了,麦子明白快要出嫁
害羞着,低下头

金黄色的嫁衣正在缝制
饱满的麦子,不想离娘

我站在麦田,站在被高楼和工厂包围的麦田
想用镰刀,把小满,从日历上割掉

想象春天

踮起脚尖,也看不见
冬风的背影
可是春天,依然遥遥无期

雨水还在赶路
绿色还在打底
杨未长絮,柳未返青

三月的春天不像春天
三月的你和曾经的诺言
像是被冬天埋葬的一个秘密

我的孤独像玄冰,令春天束手无策

又一个三月

春天的气息萦绕着村庄
惊蛰悄悄悸动
苏醒和成长成为主题

空气中弥漫着荡漾
凉冽的春水在荡漾
一群昆虫在荡漾
麦田也在荡漾

我在三月的春夜
时常听见夜风在低吼
明月在叹息

致 W

风生秦地之东,看望一个久未谋面的朋友
它叩响你家门环,叮叮当当的响声,叫不醒一座
被冷落了太多时日的旧宅院

风沿着远去的罗敷河来到渭水
深秋时的河岸,芦苇和柳树旁若无人般分享着秘密
秋淋,让渭水保持了一条河该有的苍茫气息

在三河口,风找到了你
W,你听到了吗,它捎来的口信
有敷南,有罗敷河,有父亲的讯息

你迎风而笑,背风而泣
荒芜的内心,被一缕月光牵动并温暖

长安那么大,盛不下你敏感疼痛的灵魂
三河口那么小,却容纳了

你的身体,和一颗善良而敏锐的内心

让你经年如斯
落在低处,仰望星空

致 Y

铅云密布在牧护关上空
再凌厉的风也吹不走一个人饱满的情绪
雪领受神的旨意,让柴园落满诗句

犬吠是风雪中树的节拍
通往秦茂的古道上
亲人的身影渐行渐远

世界如此傲慢
而你向上流动的内心却柔软如斯
装满了白露霜降小满大雪

田野中长庄稼也长小草
山坡上羊在跑牛在叫
营养滋润着美好也豢养了邪恶

某一日,我与王琪轻扣柴园
可我们不谈人生也不谈文学
只谈桌上那杯茶的清香和出关的老子

欲望，在这个秋天死去

在夏天，日子漫长
百无聊赖中适合酝酿一些欲望
一些无限膨胀的欲望

阳光很盛，亮晃晃的刺眼，它会
融化潘多拉盒子
夏天是欲望的空气、土壤、水

可是，再长的夏也会过去
再热的暑也会褪走
当秋雨淅沥当秋风骤起

马路两边高大的白杨，不知
何时脱掉了浓密的外衣
只剩下零星的寂寞挂在枝头

欲望，在这个秋天的早晨死去

野渡无人舟自横

这样无名的渡口,该叫野渡
一条小船,横在水面想心事
桨忙活一天,累了,斜卧船头小憩
翠竹掩映间的茅屋,炊烟袅袅

几声鸟鸣、几声竹笛、几声犬吠
水在河中宛如碧绸不动声色
檐下的你,望着半山腰发呆
那儿,有亲人的叮嘱
有故人的魂灵

野 心

一个人的野心,不能写在脸上
那多无趣,野心就该藏在柔软的内心
藏得严严实实,像地下泉

可是,有些野心写在脸上也好
就像,你渴望的爱情
你想要的幸福
你喜欢的日月

爱 情

被压抑的和被释放的
被具象的和被抽象的

没有结尾的电影让我们叹息
一段伟大的爱情却常蕴藏于此

或者,你用一支笔,一壶酒
截取的那部分,想多美好
便多美好

留 守

母亲告诉你庄稼的成熟
伤感故亲的去世
父亲的话语如风,无形无声
潜伏在母亲的叮咛之中

异乡的风景打动不了故乡的内心
你一声不吭,长时沉寂的样子
却让整个村庄
彻夜不眠
浑身战栗

矛 盾

青春时总喜欢挥霍青春
回忆中的青春,常被掩饰
被修改,面目全非

青春没有发言权
青春最具发言权

第三辑

东马时间

越走越远的村庄

住在村庄中的人越来越少
自由的动物和不知名的植物越来越多

漫不经心的风漫不经心地刮过村庄
无所事事的雨无所事事地飘在田畴

那些会看云识天气的人
那些关心风霜雨雪比关心自己健康更甚的人
默默地坐在村口，一脸漠然
不说告别，只为坚守

暖 冬

秋风很冷,冷透了那些蜷缩一起的枯叶
冬天很暖,暖热了树杈里的三两声鸟鸣

麦苗没有一丝冬眠的迹象
父亲坟头的两棵柳树
生机重现,在冬阳里郁郁葱葱

日子倏然而去
父亲走后的那年,时间凝滞
他在庄稼地里遍布的足迹
风吹过,似曾更加清晰

站在和平路十字路口
想起父亲,想起那个暖冬
父亲拉着我的小手从热腾腾的澡堂里出来
恍惚间,我以为春天来了

站在田野

想起父亲,想起那年六月天

我还没来得及挽留什么

我这庸碌的半生,很快就在苍茫中消失

除了梦,我别无选择

既往的,不可复追的日月
带走了许多,也让我忘却了许多

我模仿您的身影走在东马的巷道
我模仿您的方式去克服遇到的困难
我模仿您的爱去爱您的孙子

东马的村东,我遇见过果园
遇见过树林,遇见过流水
也遇见过一场大风,几声虫鸣
却无法再遇见您的笑声

我想和您说会儿话,亲口告诉您
村子的一切,田地的一切,庄稼的一切
可是,请原谅我的生而平凡
除了梦,我别无选择

人间春天

春天什么时候回来
城里少有人关心
农人伸着脖子张望

迎接春天的往往是一场大雪
雪融后,迎春花悄悄为村庄增添一抹亮色

喜欢春天的荒郊野外
喜欢脱掉冬装不再臃肿
喜欢原野的风些微寒意

坐在迎春花盛开的田陌
给弟弟点根烟
和父亲说会儿话
告诉他们,人世间的春天
又一次降临

迎春花开

春天，每一年的春天
突出冬的包围，打开冬的缺口
春，最早会在哪儿出现

是在原野呀，在原野
你看，迎春花静寂中发出了声
在田间、在地坎、在塬畔
一枝枝、一簇簇、一片片
嫩黄、淡黄、明黄、深黄
染了原野、笑了春风
欢颜，展现在初春的料峭

我去村东的田野看父亲
坟头，不知何时已站满了
热闹拥挤的迎春花
村外风大，迎春花挺着身子
努力地微笑，它用干净的颜色告诉父亲

春天的讯息和冬天的别离

父亲,儿子真是不孝,这样的话
原本该由我,告诉您呀

南沟麦田

那时候,我常诅咒那块麦田
它不规则、不肥沃、不平整
深藏在一道沟底

六月的阳光直射东马
没有风的日子,村庄也昏昏欲睡
而麦田,喜欢这样的阳光
父亲手拿黎明时磨好的亮闪闪镰刀
飞快地割着麦子,系着麦捆

一步一步,我丈量着麦田到沟顶的距离
一年一年,父亲的白发在增多　皱纹在加深
麦田,在父亲眼里越来越大

我一个人去看麦田
那荒芜的田地,杂草丛生
田间龙鳞虬枝的老柿树

坡上那几株曼陀罗、苍耳、蚂蚁洞,都还在
而父亲,去了远方

我那幼稚的诅咒,悄悄
化为怀念父亲的几滴清泪
一首小诗

父亲节

往年的父亲节
讷于言的我在心里说
爸爸,节日快乐

现在的父亲节
我在父亲身边对他说
爸爸,节日快乐

只是,在父亲身边说的话
他再也听不到了

隔着我们父子的
是一抔黄土,和
两棵柳树

呼 吸

村庄外,蜿蜒的小路,往东
我的心跳越来越快
脚步越来越重

一头牛耕耘在秋天的原野
几行雁鸣叫在东马的天空
蚂蚁在忙碌,蛐蛐在歌唱

我俯卧大地,侧耳倾听
地面传来父亲的呼吸
地面传来弟弟的呼吸

春 夜

一切都在生发
无论昼夜

绿的原,清的水
田里的庄稼

还有,还有
两棵柳树
在父亲的坟头
无休止地催生着思念

信 使

一片一片一片
轻舞飞扬,心事洁净

这天堂的信使,我深爱
专给父亲的信函
要让它传递

弟弟，春天来了

弟弟，我想起小时候的你
满院春光中奔跑
摔一跤根本不在乎，还会转圈故意弄晕自己
那时的你，世界只是东马

弟弟，我想起年少的你
偷偷跟在我背后走在桃林路
你相信，看着哥哥的背影
永远不会迷路

弟弟，我想起后来的你
对父亲的故去痛不欲生
对爱情单纯又执着
对朋友义薄云天

弟弟，我想不起你的中年模样
只有儿时的可爱，少年的调皮和青年的义气

然而,哥多想知道你年老的样子

今夜,港口的星月无影
那个叫东马的村庄在犬吠中沉寂
我只想走到东安地,告诉你
弟弟,春天来了
弟弟,哥哥想你

笛　声

汽笛会把一个孩子的梦带向远方
也会把一个游子的心召回故乡

横一枝竹笛在小虫私语的秋夜
把故园的消息传给天国的父亲

我的山河

炊烟在村庄上空盘旋,散去
牵牛花对着一棵梧桐微笑
屋顶传来两只小鸟急促的对话

这一天,是昨天也是明天

许多年以后,在东马
步履蹒跚,白发苍苍的我
在我的山河中
缓缓走向薄薄的暮色

雁

湛蓝天空中,雁群穿行于云朵
时而排着"人",时而变为"一"
不知疲倦地飞翔

在东马,我下田干活
抬起头总能发现
鸣叫的雁群,齐整的雁阵

雁群失去声音的年月
是它们改变了习性
还是我们被生活压弯了腰
已抬不起高贵的头颅

一个村庄的成长史

快乐若明若暗虚无
忧愁若有若无弥漫
悲伤若隐若现飘零

在村口,驻足四顾
儿时的欢乐在后
少年的烦恼在右
青年的叛逆在左
而前面,是大片大片看不清的
彷徨、渺茫和未知

东马记忆

你第一次去东马,心里对自己说
这么远的地方,再也不想来
可是,半夏兄,远和近,本就是相对么

长安和洛阳的远近,取决于参照物
取决于参照的是时间或是空间

半夏兄,东马的背景纯洁又无瑕
你所看到的雪花、白雨、棉桃、桐林
甚至于蚁群、雁阵、蛇迹、蝉鸣
不过是你想象中的东马

那年六月,大把的阳光扫射着村庄
一群悲哀而又忙碌的人纷纷中弹
这样一群告别的平凡之人
面有倦容、目有伤痛,却

会成为东马永远的记忆

在轮回中一次次定格

苹果园

1

九月的我家苹果园
一树树果实高挂,如上元的灯笼
照得满园红彤彤
映着父母亲开心的容颜

苹果把枝条压弯了
像小嘴坡我家地里的谷穗
像世间的仁人、智者
低着头,内心淡定而强大

苹果园是1989年建的
那年我上初中
园子中的生产房是1990年盖的
那年我上高中

赚了钱的我家果园就像明星
激发了村人的热情
丰收伤农
许多人家的果树又被砍掉

父亲站在园子里没说话
他也曾忧伤烦恼
但绝不怨天尤人
抬着头望了望南山，说
咬咬牙，一切都会过去

苹果园还伫立在村东头
技师把树形拉了又拉
果子由秦冠变作了红富士
苹果价钱又慢慢回升
父亲说，一切都会好的

2

果园无语，依四时变化
父亲锄地时对我说
人哄地一时

地哄人一季
雨水就是锄头上

变卖苹果的钱,成为
姐弟们的书费学费杂费
苹果供给着儿女们离开故乡
去外地,到开封到北京

3

苹果园一天天成长
父母亲的背一天天驼去
疏花、疏果、套袋、喷药、浇地、除草
苹果园里春去春又回
父亲和母亲的头发变白却再难变黑

每一年的苹果都是新的
每一年的父亲和母亲都是辛劳的

我常会想到
苹果园其实就是父亲和母亲经营的一个梦
一个为了梦想而必须经营的梦

一个能够让梦想照进现实而必须经营的梦

每次,从园子旁走过
心里总会涌起一阵阵感动
我如今守望的苹果园
何尝不是我取之不竭的精神家园

4

后来,父亲的坟就选在离园子不远的地方
那儿地势高,望见山水
父亲想去果园了,很近
只是,果园里的父亲,再不用劳作再不用流汗

我能想到,一定能想到
当果实累累地悬于枝头
父亲的容颜一定还会被映红
宛如初升的朝霞

春发秋收的苹果园
每棵树每条枝都满含了沉甸甸的爱
那是世间最不求回报的,父母亲对儿女们

无私的大爱

5

父亲走了,果园也行将老去
许多年后,苹果园里会长出小麦玉米油菜绿豆
可是,当我回望故乡
当我眺望果园

眼里看到的,一定是
父亲劳作的身影
母亲满头的银发

第四辑 流水韶华

我追不上时间,但一定能追上你

岸边的灯笼,在夜雨中熄灭
那个在泥泞中行走的人
身无片蓑,根本停不下脚步

大河之水一遍又一遍洗白我的黑发
渭水囫囵着带走我的哀愁
还有潼水,日夜不停地穿城而过
给一座城,起一个冰冷的名字

银杏的金黄,火炬的灿烂
苍翠的白松,湛蓝的天空
给这条小路和这个古渡口
涂上了深秋的颜色

渔民们在撒网,小贩们在吆喝
城墙上那只踽踽独行的小狗
淹没在荒草中,时隐时现

偶尔传来的几声呜咽,我却听到了马鸣的味道

我追不上时间,但一定能追上你

无力成寐

又一次偶遇初冬的彩虹
又一次看见渭水边的古塔向东斜了三寸
暮色会淹没时间和你我
也会吞噬一辆失去知觉、不停颠簸的马车

耗费多少心血，熬白多少头发
一个坐在古堡中写诗的女子
让黑暗之中的我，无力成寐

桃 花

去看桃花那天,早了
一畦一垄的含苞待放

一株,孤单地站在河边
不繁华,不浓艳
雅静得像个宋词中的女子

无端,想起了梅
想起,赏心只需三两枝

春天这么大,桃花羞答答登场
摘一朵,插在你的发间

云鬟斜簪,比并看
却原来,还是你赢

桃 林

落在水之湄的桃园
一片一片的桃花连起来
羞得河水也小脸绯红

看,还有三两株
去了河之洲
谁划船,看洲上的桃花

撷一枝在手
细雨斜风中,你的笑容
让桃花迅速败下阵来

我愿意是一种深情

迎春花开的时候,我决定
和一匹白马去看你
无论路上有无春雨、烈日、秋风

赶路,不舍昼夜
小轩窗内你红盖头耀眼
窗外,已是寒夜

下弦月的光清泠如冰
我记得你幽幽地说过
有些爱情,就像
白马入芦花

其实,我来,只为看你一眼
相忘于江湖时
望着你,我愿意是一种深情

望穿秋水

西来的那曲昆仑水
穿行在高山、峡谷、草原、戈壁
沿途遇见过船夫、书生、士兵和强盗
到港口,水心似乎也柔软起来

你在远方,水从远方来
你和水都在一个叫远方的地方
那儿没有怨恨、忌妒,没有虚伪、奸巧

我望穿秋水,洇染出的相思
一片给你,剩下的,就让秋水带走
带到一个不知名的地方
那个地方在远方之外,比远方还远

花　雕

晚霞飞上你的脸颊
温润和娴静成为主题
你说，你爱这花雕

摇橹，去一个叫水浚的小镇

不看白墙青瓦
不看茂林修竹
不看小河弯绕
不看野渡天趣
不看兰舟轻发

看
一个爱花雕的女子

远 方

天空飘浮的全是喜悦
所有的悲伤,已被收往虚空

未时,西关渡口,一叶扁舟

你来时,我会起风、扬帆
你要站在船头,长发飘扬
我奉上宝剑,你拔剑向前

我看见,剑指的远方
分明就叫幸福

崖寺一夜

夜风在峪道穿行
时而呼啸，时而私语
咳嗽声刚走出寺门
就被风挤进寺内

春分那天，染了风寒
木鱼声中隐了孱弱
串珠也有了烦忧

敲门声，笃、笃、笃
夜色中的你，似幽谷百合
又似深涧兰芷

你对我说，风寒早该走了
是我自己不愿走出来
可是，我早托这崖寺的钟声告诉你
你来了，风寒就走了

发 呆

在深夜，小阁楼
一支笔、一张纸、一曲乐
写出来的字
横是想，竖是念

残月挽纱，灯光摇曳
秋虫呢哝，梧桐静默

在早晨或者傍晚
若我发呆，那定是我
想你了

心 事

秋雨淋湿了空气
潮湿吸入心底
呼出的,全是思念

我坐在窗前听雨
雨打在梧桐
雨敲在我心

想象一朵花的盛开
花蕊是你
花瓣是我

能饮一杯无

彤云密布时,风也拿它没办法
只好去街巷穿行,扫落一地私语
雪,停滞在天空游弋

朝炉膛里再添几根果木
酒香渐渐弥散了整个房间
斜卧藤椅,随手拿本书
读到的全是吟雪之词

冬天了雪还没来
冬天了你还没来

喜欢雪是因为喜欢纯净
喜欢你是因为喜欢干净

风把门帘踢开,挤进屋子
窗棂外,似乎有雪开始飘扬
我去问谁,能饮一杯无

大 雪

这样一个暖冬,大雪
不过是个节气
田野的风,凉而不冽
树上的叶,翠而不枯

围着炉火,我们品茗、夜读、遐想
倦了,不妨走出家门
看暮晚下,夜色沉沉
在经年的瞭望里,淡了许多
轻了许多

还会想起那年
那个大雪纷飞的夜晚
你的话在我耳边萦绕
其实你不知道,那样的话
我早就想对你说

无 题

心被撕碎了
一块一块的
我看见,每一块上面
都写满思念

思念被撕碎了
一绺一绺的
我看见,每一绺上面
都写满爱

孤独被撕碎了
一片一片的
我看见,每一片上面
都写满深情

深情被撕碎了
一段一段的

我看见,每一段上面
都写满你的名字,我的孤独

孟婆汤

我终是不肯喝这汤
我终是记着一个约定

倘若一切忘掉
倘若记忆删除

何苦要这往生
何苦要去投生

有你，就够
没你，枉然

秘 密

把你的全部
写进我的小诗

小草、细雨、月夜、长河
每一处都有你的足迹
每一帧都有你的气息

现在,是九月
高天流云,风不疾不徐

你说,其实一直就知道
你在我的诗里

疼和痛

脚疼，能忍
手疼，能忍

想你的心痛了
忍不住的想
忍不住的痛

宝 藏

这世间，最美的情书
都藏在《诗经》
爱上你就送《关雎》
爱上我就抄《绸缪》

相思了，就用
《子衿》《蒹葭》
《桃夭》《汉广》《月出》

《诗经》里的宝藏
永远都挖不尽，都用不完

思过崖

山涧的风又冷又硬
呼啸着蹿上崖边
石头也被吹得颠来倒去

独孤九剑早已熟稔
下崖之日,便足以笑傲江湖

小师妹不来送饭已好多天
她喜欢上一个叫林平之的人

冷冰的石室中
我打坐、参禅、悟性、思过

也许这辈子最大的过,是
弄丢了小师妹

春分时节

先是一场细雨
后来就变成一场雪
那时天，正好春分

汽车行进在春天的郊外
杨穗已有，柳絮还无
车中的我，却怎样也无法逃离春天

思念，烟圈一样吹走
寂寞，烟灰一样弹掉

去年春分，你的碎花裙在春风里盛开
先于几粒迎春花，先于几朵白玉兰

今年春分，我不知道你的裙角
是否，还会绽放
在关外的风中

我只看到,经过天空的
先是一场细雨,后来
就变成了一场大雪

想起同里

也就三两个人
无非半天时间
也就下了点小雨
无非坐了乌篷船
也就吃了一块芡实糕
无非学了两句吴侬软语

想去的心总是蠢蠢欲动
这样的念头,每次都是
因你而起

秋　月

在天井，心安处
采一缕月光
移一方藤椅
看一册闲书

村口的金丝柳下
月影婆娑、月色溶溶
一个人走着走着
脚步就乱了

天涯明月刀

风从天涯来
有点疲惫、有点懈怠
风从明月来
有点妖娆、有点绰约

刀,如刀劈般,坐在窗棂下
天涯远不远
不远,人就在天涯,天涯怎么会远
明月远不远
不远,夜夜能见,怎么会远

大学毕业那年,那个叫刀的男人
疯狂爱上一个叫风的女人
他眼中的风,风情万种

如风一般自由

第五辑 一沙世界

流 年

日子，在小镇
窄斜的石板街中
变
缓

上元夜邀友对酌

春夜的风,散乱了月光
酒香,被儿子的灯笼
挑到了门外

胭 脂

从春天,撷来一抹粉红
盈盈回眸
妩媚了一涧蓝溪,黛山层染

女儿红

把浓酽的爱融入黄酒
悄悄藏在香樟树下,待开坛
羞红女儿心事

远或近

在这浮躁与熙攘之中
找一方净土
把心供奉起来

也许遥遥远远
或者触手可及

归 宿

雨水去了南山
南山不是雨水的归宿

你爱上了城市
故乡才是你的归宿

月亮湾

湾中之水,从黄河取一半,从渭河取一半
湾边人家,是从烽火中走出的古潼先民
一手执戈,一手撒网

惊　蛰

一声惊雷，几许细雨
一个人站在返青的田野
和迎面而来的杨柳风，打了声招呼
向春天深处走去

三月五日春雪有感

这个春天,莫非
和冬天
有了一场,流风回雪的私情

失 眠

黑夜流水般逝去
魂灵在房间摇晃

那些失眠的人呀
将日子拉长了一倍

冬 阳

购买一城阳光
缓缓泻在小院
诗意,醒了

油菜盛开的时节

天空也映黄了
你散落在民间
却装扮了皇宫颜色

秋风去哪了

秋风又一遍催着枯枝败叶告别
催着野菊肆无忌惮盛放

而后,将自己消弭在
一场漫天掩地的大雪之中

逃离,也是一种选择

秋风夜凉,忽然梦醒
莫若,驾一叶扁舟
在这九月的凌晨,私奔

寻 找

寻找一匹马
一匹冬天在呼伦贝尔草原看天的马
寻找一头牛
一头喜欢在伊比利亚半岛漫步的牛

后决斗时代

没有爱情滋养
这胸口的剑伤
终身未愈

奁 箱

精雕的妆奁
盛满沉甸甸的二八情思
明天呵,每一刻都是千金

冬至了,我望见春天

悄悄趆来
思恋,轻如蚁噬般
发痒

思

在心上,开一块田
洒点种子
长出来的全是红豆

记

灵感死了
做成木乃伊吧
放在一个叫兵马俑的地方

蚕

承包一片天空
收获炫目的云彩
听说,是天虫干的

那个多雨的秋天

思绪被淋湿了
拧一拧,沉在心底
酿成了心事

冬 雪

清冷的冬季
下点雪花,以素白祭奠
逝去的时光

寂 寞

影子,以思想者的姿势
在雪野里坐着
想人

夕阳接山

灯

塔

高速公路大堵车

情绪被拉　长　拉　长
撕　裂
车　睡着了

春雨夜

谁家姑娘弹起古筝
高山,流水
滋养一群干涸的心灵

夏雨夜

是谁　反弹着琵琶
琴声　洗绿了大野
蛙鸣吵闹着　天浴

秋雨夜

渭水瘦了,秋风紧了
一个人写给另一个人的信
湿透了,失去了地址

冬雪夜

无论再降几个八度
大幕开启
听到一个,纯粹的白

醉

一个人,十九点时想到了回家
脚下,高低起伏蜿蜒曲折
人生呵,不过就是,几个趔趄

熬 夜

子瞻醉倒在子美的茅屋
雪花舞进酒杯
风,送来阵阵君复的暗香

枕 头

离头　近
离思想　远

桥

联通的目的
是为了
移动

纠　结

如同一个人
永远无法融入一座
没有爱情的城市

这样一个雨天

适合发呆
适合两个人,一起
数着雨滴发呆

渭水边的一株野花

再怎么孤独,也要开花
总有一个懂的人会遇见

拥 抱

是冷,是一个动作
是暖,是一种情感

释 然

一个人的变化
让我们陌生
一群人的变化
让我们释然

附录

诗与记忆的修复

——《古镇流年》阅读札记

成 路

1984年冬至1985年春,我随部队在黄河岸边的潼关县城及港口镇驻扎。记忆里,那半年河套里的风很大,带着哨声,雪没过了脚面。好多年以后,朋友把诗人陈永笛介绍给了我,说,潼关人。我说,当兵的营地就是第二故乡,老乡。居住地相隔远了一点,认识了,见面仅有几次,却感觉很近。

又是一个初冬,我和另外两位诗人去潼关县,陈永笛陪伴着去港口镇,走河套,走渭河、北洛河、黄河交汇的三河口。在冬阳里闲散地听他给我们讲潼关旧事,讲河套古往。

今日立冬,庚子年的秋天已经结束。陈永笛发来他的诗集《古镇流年》电子稿,阅读第一首诗《古关》末句,"愿狼烟不起,愿苍生饱暖,愿寒士欢颜"充满忧郁的记忆祈词,我不由想起唐朝晚期诗人曹松的《己亥岁感事》:"泽国江山入战图,生民何计乐樵苏。凭君莫话封侯事,一将功成万骨枯。"这样的阅读衔接,是基于陈永笛诗意象地理的缘故。潼关在古代战事不断,杀戮迭起,被称"畿内首险",是"三秦镇钥""四镇咽喉"。诗人便是以此地域历史为叙述背景，试图以诗文本为媒介，让旧往的时间与自己所处的时代交流——诗的原则之一，为语言修复快要丢失的记忆——在我看来，就在于把入尘埃的古时提供给新时代，构成和谐。——"我们眼中的时间序列就像一条道路，上面的每一个点都是十字路口……"（保罗·瓦莱里）。因此，诗人以语句借地理现场，调用想象推演出史剧，并在宏大与细微之间转换，形成一个新的可感知的体制，比如《俯瞰》：

还可以俯瞰发生在这儿的一场场改变历史走向的战争
俯瞰一些事物、人物和风物
俯瞰一个人内心深处的狭隘、自私，善良、隐忍

这节诗，陈永笛是怀着情感立场更新对单一历史的看法，重新组合，给阅读者带来无限多的可记忆空间，或者说谨慎地探索多维度的事实猜想——毕竟久远的时光里的一物一人凭借记载有时也是靠不住的。正因此，诗人在《河流大野》这首诗里，直接把眼中的大河（黄河）大野（原野）的物象铺陈开来，引导出沧海笑、将军令等扩大的意象来。为此，诗人也努力为这组意象群寻找证据，在最后一节诗里，他请引出"戊戌六君子"之一谭壮飞（谭嗣同）的名篇《潼关》里的"河流大野犹嫌束，山入潼关不解平"。在这里，我也找出了陈永笛没有援引的这首诗的前句"终古高云簇此城，秋风吹散马蹄声"，确认他递送的另一个叙事

故事——中条山——《中条雪案》，诗人继续以简约的诗句和意象构建宏大叙述，这样的写作范式，使用的是历史里的原材料（我把它称为原始意象写作）。这样，阅读者就有了门槛，正如美国文学理论家哈罗德·布鲁姆在《读诗的艺术》里所说到的："读诗的艺术的初阶是掌握具体诗篇中从简单到极复杂的用典。"好了，回到《中条雪案》这首具体的作品里，诗人借用一座山脉顶上的雪，山脉脚下的寺，寄情"抗倭的秦人烈士呵／那白，一定是祭奠"（在这里，有必要了解一下知识——中条山战役，是中国部队在山西省南部中条山地区对日军进行的防御战役，参战中陕西籍军人的悲壮气吞山河），那白，便是诗人心中的祭坛。以此继续，他写下了"山在、河在、楼在／一群又一群的人，不见了"这样悲怆的诗句。

诗人的写作是有意志性的，他在作品里始终给阅读者提供一个进入的通道，邀请其参与在他建设的文本内部，一起怀思："黄河的涛声还在岸边徘徊／天上的雨水正在发芽／众神的歌声已经响起／你和我的声音，如此清晰、旷远"。

此外，诗的叙述主人公——作者我，有时置换成代称——他者，更能确切地为记忆提供一个见证。换言之，诗的丰富和饱满是由世间多个面孔作为讲述者出场，仿拟起一个可见的角色，提供出隐蔽的可能存在——记忆："老和尚捻着佛珠想明天／小和尚敲着木鱼想昨天""小和尚唱了一声佛号／一扭过头，眼角有泪／渗出"。佛家的事，修行的是心灵，这里显然诗人是想通过作品影响俗尘的心灵。仅这些好像还不够,他让凶悍、苍劲、自由的鹰出场了:"一只在九月飞行的鹰/面对爪下的一切/抖了抖翅膀,微微冷笑"。这样一下子,扩大了"我"的记忆所及范围。

在这些心灵过度的时间里,诗人稍微偏离了古关口,回到他的出生地东马村。田野—六月—模仿声(大风、虫鸣)—物象(曼陀罗、苍耳、蚂蚁洞)—苹果园—农作物(小麦、玉米、油菜、绿豆),这组意象群构筑了立体的感恩场——对大地、对养育、对生命的谢意。在汉文化里,最早对自然的未认知,遭遇恐吓时想到的便是能庇护的父亲,因之,敬父如神。陈永笛在"暖冬"里的田野里,追寻六月的父亲——"父亲劳作的身影"——诗人的心灵印记之神。

诗写作是诗人把交流(现实、虚拟)的结果保存下来的手段,给未来留作记忆。基于此,诗人的责任和义务之一是:痛苦地判断、剔除、割舍,在记忆壁面上存教化的亮光。——"一把小刀,从胸口插入,进入心脏/慢慢转动,清除一些无用的杂质",诗人陈永笛怀着勇气,努力地完成作为诗歌精神的劳动,也是职责。

延安的庚子年立冬日,暖阳,有微微刺面的冷风。阅读友人陈永笛的《古镇流年》诗稿,对古旧的描述,如一系列符号,勾画出来一个又一个精神标记,供有记忆需要的人记住。

潼关,三个冬天,是我需要阐述的记忆。记忆末,援引诗人的两首短诗,结小文:

湾中之水,从黄河取一半,从渭河取一半

湾边人家,是从烽火中走出的古潼先民

一手执戈,一手撒网

(成路,中国作家协会会员。著有诗集7部、诗学札记1部、人物传记2部。曾获第2届"柳青文学奖"、中国首届地域诗歌创作奖等。)

短笛声声诉衷情

——读陈永笛诗集《古镇流年》

王可田

诗人和他生活的城市（村镇）之间的密切，抑或疏离，是一个恒久而饶有趣味的话题。我们可以想象，他是如何驻足于此，又是以哪种角度或方式进行观照和打量，最终铸造出一个怎样的诗意空间？如此等等。

陈永笛的诗集《古镇流年》，就提供了这样一个例证。

"古镇"，一个物质性所在；"流年"，时间以及时间的易逝性。时间、空间的叠加，营造出一个斑驳陆离的存在场域。作为"生于斯，长于斯"，和这块土地有过长期、深入的"物我互换"经历的陈永笛，我们明白，古潼关、秦东镇在他心上的分量。当然，诗意的转换呈现的是另外一种风貌，文本才是我们关注的现实。

诗集第一部分《港口时光》，即是诗人对自己生活地域的集中书写。没去过潼关，也没到过三河口、秦东镇，但陈永笛的诗句让我记住，并领略到那种醒目的色彩："古城里，灰色太多/灰的砖、灰的瓦、灰的墙//古城外，黄色太多/黄的土、黄的风、黄的河……"。还有这些诗句所传达的生活情味："晨起的薄雾还未走散／那个挑水的男子，分明是／唐诗中走来的公子"，"赵家老头摆残棋／沈家老太剪鞋样／王家小儿在内巷撒泼打滚"。这辑诗中，陈永笛展现老潼关、秦东镇的地理、风俗、历史、文化，以及市井烟火，有古意却不显古奥，语调不紧不慢，平静而淡然，一事一景一物，都娓娓道来。

"请允许我想象，一匹马／一匹有着箭伤或剑伤的马／孤独地陷在潼关城外∥将军已倒下马夫已阵亡／只有马，兀立河岸"。人在古城，难免恍惚地进入另一个时空。那是历史上的古城，诗意的想象空间，于是诗人变换装束和心境，进入那个空间，去体验古人的征战生涯抑或寻常的生活情境。这是一种不由自主的分身，在两个时空、两种语境中的诗意行走。也可以说是一种对话，一种勾连，体现了诗人对湮没在时间长河里的那些事物的留恋，以及再造和重构的努力。

第二部分《路上光阴》，诗人将笔触宕开，或是记述行走中的诗意，或是感悟人生、专注内心体验，诗域朝向开阔，在题材上更为丰富一些。比如写《墓园》，"像一座村庄的影子，和备份／也像数学中的映射／适用的法则，是叶落归根"；写《守村人》，"揉碎的时间也不能洞悉他的过往／我们害怕的山妖、水鬼，甚至画皮精怪／也能被他轻易喝退"。这部分诗的语言风格和写法，一如其他，正如诗人在《拉寺海》中所写的那样："所有的比喻夸张通感／形容词副词名词在拉寺海都黯然离去／真的美好，只会孤独地存在"。

东马，应该是诗人的老家，一个关中平原上的小村庄。在诗集中，陈永笛专门开辟出一个区域，并命名为"东马时间"，可见故乡在他心上占据着一个重要的位置。这些作品，除了以常见的乡村物象来抒写，表达眷恋之情，还触及当下农村普遍的"空巢化"现象。那是一种"人去楼空"的感觉，但在陈永笛心上，空落落中还有着钻心的疼——因为父亲和弟弟的亡故。无法释怀的情结，让诗句也不由自主变得激烈："一个人的性格有时便是自己的毒药"，"那一天的千里之途，暴雨倾盆，人世无声"。

《流水韶华》是一辑爱情诗。情感生活的点点滴滴，都掩映在自然风物和生活情境之中，犹如花红柳绿的街巷或田陌，忽现一个窈窕的身影。含蓄和侧面的手法占主导，但也不乏强烈和直接的表述，像《刀子》这首诗："小刀最后去的地方叫胆／它要割掉这个东西／因为，私奔的勇气，要从这儿开始"。我甚至认为，这是诗集中最具语言表现力的一首。

诗集最后一部分叫《一沙世界》，全是寥寥数语的微型诗。对于诗歌，堆砌铺排并不难，简缩留白则考验诗人提炼、概括的功力。而且，以尽可能少的字词和诗行表达更丰富的内涵，也符合诗歌的文体特征。陈永笛的短诗，有非常隽永的，像《桥》："联通的目的／是为了／移动"。而《夕阳接山》这首诗，只有两个字："灯∥塔"，且分属两个诗节。标题"夕阳接山"，作了内容的交代，正文是对那种情境的比拟，形象贴切，令人回味。

对《古镇流年》的题材、内容有了一个大致的了解之后，我们再看看陈永笛的书写风格。他的语言省净自然，没有过多的修饰，克制的情感、点到为止的叙说，让我们感受到一种特别的诗意。诗歌有多种面貌和可能性，而陈永笛的诗就是这样的明朗和节制，不求幽深高傲抑或绚烂雄奇，一如生活本身。这当然也能显出功力和境界。我相信，在成熟的诗歌技艺的操控下，平淡也生醇香，日常也起波澜。

透过题材内容、语言形式以及文字的枝蔓，我们还捕捉到陈永笛灌注其中的情感——对置身其中的古城的爱，对故乡和亲人的爱，对生活的爱。心中有爱，便会向善，也会求真，诗歌也因此有了特别的品质和温度。

2020 年 11 月 17 日 陕西铜川

（王可田，中国作家协会会员。出版诗集《麦芒上的舞者》《存在者》及《诗访谈》。曾获鲁藜诗歌奖、延安文学奖、陕西作协年度文学奖、陕西青年文学奖等。）

后　记

　　先前上学时，并不喜欢诗歌，原因很自私，这样一类东西，往往要求背诵，而我又是一个懒散人，最受不了的便是这种不求甚解的死记硬背。后来，挺喜欢诗歌，无论旧诗还是新诗，总有一句或者几句打动到自己，从心底里生发出一种共鸣，越琢磨越有共情，恨不能把这些诗全都背过。

　　无论是"海日生残夜，江春入旧年"，"日暮乡关何处是，烟波江上使人愁"，"有约不来过夜半，闲敲棋子落灯花"，还是"明月装饰了你的窗子／你装饰了别人的梦"，"卑鄙是卑鄙者的通行证／高尚是高尚者的墓志铭"，"春风不来，三月的柳絮不飞／你的心如小小的寂寞的城"，诸如此比，常常让我深陷于语言的优美多变，节奏的紧缓起伏，画面的干净饱满之中，如大快朵颐般惬意餍足。

　　当同学们在日记本上写下一行行诗句时，我显然还是一个诗歌的旁观者。我甚至觉得，有那么几人颇有"少年不识愁滋味，为赋新词强说愁"的"文青"酸腐味儿。当某天，提起笔，无意中在纸上也写下几行字时，忽然意识到，我这是在写诗呀。可是，为什么？是呀，为什么呢？为什么就不由自主地写出这样的几行字呢？为爱情，为亲情，为友情；为生活，为工作，为故乡；为未来的几多期许，以及为过往的一段历史。细细寻思，都有，都有呢。

二十多年前，印象中写过这样的诗句："面对巨大的无知／我不停地撷取食物／愈和自己的伤口"。有人看到了，就笑言，怪不得你这么胖。我呵呵一笑说，嗯，就是的，吃多了。

有阵子，特别痴迷微型诗，写了好多，几年后回头看，满意的作品并不多。好就好在，锤炼了语言的感觉和对意象的把握，甚至一度，还特意将文字固有的组合撕裂、重组，以求标新立异，心里为此还自鸣得意。可是，这种喜悦感并没有持续多久。我越来越发现一首好诗，更重要的是真情实感，不是奇技淫巧；是块垒浇胸，不是言之无物；是反思深悟，不是人云亦云；是呼呼呐喊，不是咆哮喧嚣。

"盘峰论争"时，交锋激烈，可是我却高兴地发现，双方阵营中，都有自己喜欢的好诗，阅读体验时常能让自己浑身一颤。

一直以来，人们对诗赋予了太多的情感和希冀。文载道，诗言志，多大的一个命题呀。还有人说，评价长篇小说写得有多好，会说，史诗级，你看，又是诗。当喜悦甚或不幸降临，抒发情绪，唤起人们斗志的第一声，一定是诗歌。诗歌的群众基础广泛，会写字就可以写诗，甚至不会写字，也可以吟诗，《诗经》中不少篇目不就这样来的么。可要成为人们心目中的诗人并不容易，我不敢奢求成为诗人，只愿能让这些文字发出属于自己的，有着自己特色的声音，足矣。

我相信，这本诗集并不完美，一定会有瑕疵，在遣词造句、节奏把控、情感传递许多方面，都还有提升的空间。甚至在我自己读时，看着看着还想再修改一二。好在，整本书中，贯穿了一个字，真。而这，是自己最在意的。

立冬，天气晴好，颇有丽日之感。俗话说，立冬晴，一冬凌。看来，这个冬天会是一个冷冬了。我喜欢这样的冬天。小时候，遇有雪多的冷冬，小伙伴们常常都会莫名兴奋。能堆雪人，能打雪仗，能玩冰溜子，这才是冬天该有的面目。现在，更喜欢这样的冷冬，这样的天气，往往预示了，明年的冬小麦，会有一个让人向往的大丰收。

中年之后，更喜欢自己的故乡，更愿意和家人朋友一起聊天喝茶。看看丰收的庄稼，瞅瞅三河交汇的神奇，听听河套的风声，常常就会感动于这土地的伟大，自然的赏赐，人文的关怀。

我多想用诗来表达这些让自己感动的事物呀。

陈永笛

2020 年 11 月 8 日于潼关古城午后，晴